Bucket-List ohne Tabus

Unzensierte und knall-harte Sexgeschichten für Frauen

Erotische Kurzgeschichten ab 18

Sophie Wohlinger

💋 INHALT

Und wenn es auch aufregend geht?

Sex im Bett – den hat doch jeder! Mein Freund Mark und ich sind seit mehreren Jahren zusammen und wir können nicht unbedingt behaupten, dass unser Sexleben langweilig wäre. Bisher hat sich zumindest keiner von uns beiden darüber beschwert. Doch vor Kurzem kam noch ein bisschen mehr Schwung in unser Liebesleben, denn wir haben den Sex an ungewöhnlichen Orten für uns entdeckt. Seitdem sind wir quasi „angefixt" und wollen bei unseren Liebesspielen, zusätzlich zum Kribbeln im Bauch, auch den Adrenalinkick spüren. Wenn man an eher ungewöhnlichen Orten Sex hat und immer der Gefahr ausgesetzt ist, erwischt zu werden, dann macht das Vögeln doch erst richtig Spaß! Das wissen wir jetzt und können es wirklich jedem empfehlen. Zumindest den Leuten, die nicht prüde und verklemmt oder zu ängstlich sind, ein kleines Risiko einzugehen. Wir haben uns sogar eine Art „Bucket List" für ausgefallene Orte geschrieben, an denen wir in unserem Leben noch Sex haben wollen.

Egal, ob eher klassisch in der Badewanne, in der Dusche oder auf der Waschmaschine oder an ausgefalleneren Orten, wie auf einem Hochstand, im öffentlichen Park oder auf der Disco-Toilette. Es gibt aber auch ein paar Orte, die wirklich eine Herausforderung darstellen, wie zum Beispiel im Flugzeug, während der Hochsaison im öffentlichen Freibad, in einer Bibliothek oder auf einer fremden Hochzeit (keine Ahnung, wer auf die Idee kam ...). Ein bisschen bescheuert ist das vielleicht schon, aber der Reiz daran ist so unfassbar geil! Uns ist nichts zu außergewöhnlich oder „gefährlich". Ob wir davor Angst haben, einmal erwischt zu werden? Schon ein wenig. Aber das hält uns nicht davon ab, unsere Liste weiter abzuarbeiten. Schließlich gibt es nichts

Erregenderes, als von Sexualhormonen und Adrenalin zeitgleich durchflutet zu sein. Und wenn ich an das Wochenende vor 4 Wochen denke, dann kribbelt es direkt wieder im ganzen Körper. Denn da begann unser neues, schmutziges „Hobby".

Das hat alles verändert

Es war ein Donnerstagnachmittag im Spätsommer und wir waren gemeinsam in der Schwimmhalle. Wir waren oft dort, da es nur eine kurze Autofahrt dorthin war und es gerade unter der Woche meist recht leer war. Wir wechselten immer zwischen den Bahnen und dem wärmeren „Spaß-Bereich". Immer wieder neckten und ärgerten wir uns liebevoll. Mark kniff mir immer wieder in den Hintern, gab mir einen Klaps auf ebendiesen oder wir küssten uns leidenschaftlich. Egal, ob über oder unter Wasser. Generell alberten wir viel herum und genossen die Zeit in der Schwimmhalle sehr. Auch, wenn wir schon 6 Jahre zusammen waren, so waren wir immer noch verknallt wie in der Anfangszeit und verhielten uns manchmal wie verrückte Teenager. Wenn bei anderen Paaren schon Alltagsstress und Flaute im Bett herrscht, legen wir erst so richtig los.

Bevor wir uns wieder auf den Heimweg machten, saßen wir meist noch eine Weile im warmen Whirlpool und genossen das blubbernde Wasser und die wohlige Wärme. So auch heute. Das war unser regelmäßiger kleiner SPA-Ausflug. Und auch hier hielten wir nicht damit hinter dem Berg, dass wir ein Paar waren, das heiß aufeinander war. Meist lagen wir Arm in Arm im Whirlpool oder küssten uns intensiv. Und auch an diesem Tag konnten wir nicht voneinander lassen. Wir verschlangen uns gegenseitig mit unseren Blicken. Doch wir rissen uns zusammen, denn wir waren dort nicht allein. Das warme sprudelnde Wasser tat jedoch sein Übriges. Und ich schwöre: Wären die anderen Badegäste nicht gewesen ...

Irgendwann beschlossen wir jedoch, den Badeausflug zu beenden. Als wir dann aus den Umkleidekabinen kamen, waren unsere Haare immer noch recht nass. Wir wuschelten uns gegenseitig durch die Haare und ich kann nicht sagen wieso, aber das machte uns so geil aufeinander, dass wir die Halle gar nicht schnell genug verlassen konnten. Wir schmissen unsere Sachen ins Auto und Mark fuhr los. Ich konnte sehen, dass er noch immer geil war, denn er hatte sich nur eine Shorts übergezogen. Die hatte sich unübersehbar ausgebeult und ich griff noch während der Fahrt in seinen Schritt.

Er war überrascht, aber auch glücklich, dass ich es tat, denn er war so geil auf mich, dass er es kaum aushielt. Ich schob meine Hand in seine Shorts und begann, sein bestes Stück zu massieren. Ich fühlte, wie sein harter Schwanz in meiner Hand pulsierte. „Blas mir einen", sagte er ganz unvermittelt. „Jetzt? Hier im Auto? Während du fährst?", fragte ich unsicher. „Ja, das geht schon. Bitte Baby, blas mir einen! Ich bin so geil auf dich!", bettelte er. Ich war zwar ein wenig überrascht von seinem Wunsch, doch schließlich fackelte ich nicht lang, zog meinen Gurt länger und beugte mich zu ihm rüber. Bequem war das nicht gerade, aber irgendwie ging es schon. Ich schob seine Shorts etwas beiseite und legte seinen Schwanz frei. Vorsichtig nahm ich ihn in den Mund

und spielte mit meiner Zunge an seiner Eichel, während meine Hand am Ansatz ein wenig Druck ausübte. Meine Hand fuhr langsam auf und ab und meine Zunge verwöhnte seine Eichel weiter. Ich schmeckte den salzigen Lusttropfen und fühlte den Druck von Marks Unterarmen, mit denen er sich auf mir abstützte. Ich schielte hoch und sah, wie er sich immer fester ins Lenkrad krallte. Ich liebte es, seinen Schwanz so richtig hart zu lutschen und so seine und auch meine Vorfreude auf das, was noch kommen würde, zu steigern. Außerdem wusste ich ganz genau, worauf er stand und was ihn so richtig um den Verstand brachte. Dann fühlte ich seine rechte Hand an meinem Hinterkopf. Erst streichelte er mich sanft und strich mir die Haare ein wenig aus dem Gesicht. Doch dann übte er leichten Druck aus, sodass sein Schwanz tiefer in meinen Rachen rutschte. Wir standen beide auf Deep Throat, doch in meiner jetzigen Position war das wirklich schwierig. Er war auch immer noch recht sanft und merkte, dass es mir schwerfiel seinen Schwanz komplett in meinem Rachen aufzunehmen. Und doch ließ er seine Hand auf meinem Hinterkopf. Ein wenig Druck und gespielter Zwang – das machte mich umso geiler. Ich liebte es, wenn er die Führung übernahm und ich zu seiner kleinen Schlampe wurde. Ich verwöhnte seinen Schwanz noch immer mit meiner Zunge, auch während ich ihn tiefer in den Mund nahm. Meine Hand war noch immer an seinem Schwanzansatz und übte leichten Druck aus. Der Blutfluss wurde so ein wenig abgeklemmt und sein Schwanz wurde noch härter. Er konnte sich auch das eine oder andere Stöhnen nicht verkneifen.

So ein Blowjob während der Fahrt ist sicher nicht ganz ungefährlich, aber zum Glück kannte Mark die Strecke gut und wir waren auch keine halbe Ewigkeit unterwegs. Kurz bevor wir vor unserer Wohnung ankamen, nahm er seine Hand von meinem Hinterkopf und ich lutschte seinen Schwanz trocken. Danach verpackte ich ihn wieder in Marks Shorts und setzte mich richtig hin. Was sollten sonst die Nachbarn denken, wenn ich erst vor der Tür den Kopf aus seinem Schoß nahm?

Vor dem Haus angekommen, hielten wir es kaum noch aus. Wir stürmten aus dem Auto und rannten die Treppen zur Wohnung hoch. Wir begannen schon damit, uns auszuziehen, bevor wir überhaupt die Wohnungstür aufgeschlossen hatten. Was nasse Haare so alles bewirken können ... Kaum in der Wohnung angekommen, hatte Mark nur noch seine Shorts an und ich auch nur noch meine kurze Hose und einen BH. Er riss sich die Hose runter, während ich mich ebenfalls meiner Hose entledigte. Wir warfen unsere Klamotten bloß noch in die Ecke und fielen dann direkt übereinander her.

Wir versuchten wild knutschend das Schlafzimmer zu erreichen, während er am Verschluss meines BHs herumfummelte. Das Schlafzimmer schien jedoch mehrere hundert Meter weg zu sein. Da wir uns nicht voneinander trennen konnten, beschlossen wir, es an Ort und Stelle zu treiben. Er hatte auch endlich meinen BH aufbekommen und warf auch diesen einfach beiseite. Wir erkoren also den Teppich im Flur als den Ort aus, an dem es jetzt so richtig zur Sache ging.

Noch immer wild knutschend griffen wir uns beide in unsere immer noch feuchten Haare und sanken langsam zu Boden, bis ich rücklings auf dem Teppich lag und er über mir kniete. Ich war so heiß auf ihn, dass ich mich mit meinen Beinen um sein Becken klammerte, als er in mich eindrang. Ich wollte ihn so tief wie möglich in mir fühlen. Er biss mir immer wieder leicht auf die Unterlippe und ich hätte platzen können vor Erregung.

Als er mich immer schneller fickte, überstreckte ich meinen Kopf und schloss die Augen. Ich wollte dieses Gefühl tief in mir aufnehmen und mit jeder Faser meines Körpers genießen. Während er mich immer härter fickte, strich er mit seinen feuchten Haaren über mein Dekolleté und es fühlte sich so gut an! Kurz darauf überrollte mich der erste Orgasmus und er war sagenhaft. Das warme Gefühl flutete mich regelrecht und meine Knie wurden weich. Doch Mark gönnte mir keine Pause und fickte mich weiter. Ich wusste nicht mehr, wo oben und unten war, denn die Endorphine hatten die Kontrolle über mein Hirn übernommen. Noch bevor der erste Höhepunkt wieder abgeflacht war, bahnte sich bereits der nächste an und auch Mark stand kurz vor dem Orgasmus.

Wir liebten es, wenn wir gemeinsam kommen konnten. Er packte meinen Hals, drückte leicht zu und intensivierte seine Stöße. Ich fühlte mich durch seinen Schwanz komplett ausgefüllt und die Erregung hatte meinen gesamten Körper fest im Griff. Ein wahnsinnig geiles Gefühl! Nur ein paar harte Stöße später kamen wir beide zusammen. Er stöhnte auf und drückte sich noch wenige Male tief in mich, bevor er sich erschöpft auf mich legte.

Seine feuchten Haare kitzelten mich am Kinn und ich musste lachen. Er knurrte mich nur an, dass ich ein schreckliches Kopfkissen wäre, weil ich so herumzappelte. Davon musste ich noch mehr lachen und versuchte, ihn von mir herunterzuschieben. Doch er war stark und hielt sich auf mir. „Was wird denn das, Fräulein?", fragte er mich, während er sich mit seinen Unterarmen neben mir auf dem Boden abstütze und sich ein Stück nach oben drückte, um mir ins Gesicht sehen zu können.

„Du kitzelst! Geh runter von mir!", lachte ich. „Ich kitzle also ... na, vielleicht hast du das verdient", grinste er und ließ seine feuchten Haare über mein Gesicht streifen. „Ey! Lass das! Geh lieber von mir runter!", knurrte ich ihn an. „Und was, wenn nicht?", fragte er mich fies grinsend. „Dann pinkel ich auf den Teppich!", drohte ich kichernd. Das hatte gezogen. Er stütze sich ab und drehte sich von mir herunter. Dann blieb er auf dem Rücken auf dem Teppich liegen. Ein Bild für die Götter: Dieser durchtrainierte Kerl, komplett nackt mit „halbgarem" Schwanz. „Dein kleiner Freund scheint Lust auf noch eine

Runde zu haben", grinste ich, während ich auffällig in seinen Schritt starrte. „Ey, du Lustmolch. Du wolltest pinkeln gehen. Los! Verschwinde!", bellte er mir entgegen, während er sich halbherzig die Hand vor sein bestes Stück hielt. Ich lachte nur, stand auf und verschwand im Bad.

Eine „Bucket List" entsteht

Als wir nach diesem aufregenden und verdammt geilen Tag abends gemeinsam auf der Couch saßen, ließen wir den Tag noch einmal Revue passieren. Dabei fantasierten wir darüber, wie es wohl gewesen wäre, nicht erst zu Hause zu vögeln, sondern schon im Whirlpool im Schwimmbad. Zwar nicht unbedingt vor fremden Leuten, aber wenn wir allein gewesen wären ... Der Gedanke daran erregte uns beide und wir sprachen zuerst scherzhaft darüber, das irgendwann mal zu machen. Natürlich immer wohl wissend, dass wir dabei auch erwischt werden könnten und uns das gegebenenfalls die Mitgliedschaft in dem Schwimmbad kosten könnte. Doch der Gedanke an das Verbotene ließ unsere Körper kribbeln. Beflügelt von dieser Idee begannen wir, darüber nachzudenken, an welchen Orten man noch Sex haben könnte. Es waren auch einige sehr ausgefallene Ideen dabei, die wir direkt wieder verwarfen. Aber bei den meisten Orten konnten wir uns beide vorstellen, es dort einmal zu treiben. Und so entstand unsere „Bucket List", auf der schlussendlich gut 40 Stichpunkte standen.

Natürlich wollten wir möglichst bald einen weiteren Punkt von dieser Liste streichen, doch wir waren uns noch nicht ganz einig darüber, welchen. Ich wollte die Sache eher etwas langsamer angehen lassen und schlug deshalb vor, in unserer Wohnung zu beginnen. Denn auch hier hatten wir ein paar Orte auserkoren. Auf der schleudernden Waschmaschine, unter der Dusche, in der Badewanne oder auf dem Balkon. Doch Mark war so angefixt von der Sache, dass er direkt in die Vollen gehen wollte. Sein nächster Punkt, den er gern abhaken wollte, lautete „in der Umkleide in einem Modegeschäft". Ich fand die Idee auch sehr reizvoll und geil, aber plötzlich wurde ich zum Schisser. Ich versuchte, ihn umzustimmen, doch ich kannte Mark lange genug, um zu wissen, dass, wenn er sich etwas in den Kopf gesetzt hatte, das auch durchzog …

Einkaufsbummel im Shoppingcenter

Und so bummelten wir bereits am Samstag durch das hiesige Einkaufscenter. Ich hatte die ganze Zeit natürlich den Gedanken an das, was Mark vorhatte, im Hinterkopf. Aber genau dieser Gedanke war es, der mich so wuschig machte. Zu wissen, dass wir es heute noch in der Umkleide eines Geschäftes miteinander treiben würden, ließ meinen Schritt feucht werden und das Kribbeln im Bauch wurde fast unerträglich. Wir liefen Hand in Hand durch das Shoppingcenter und schauten uns nicht nur diverse Geschäfte etwas näher an, sondern schauten auch, was die Läden alles im Angebot hatten. Denn wenn wir schon einmal hier waren, dann könnte man das eine mit dem anderen verbinden. So schauten wir uns auch wie normale Kunden Klamotten und Co. an.

Auf diese Weise konnten wir auch die Umkleiden viel besser abchecken. Denn wenn ich ein Kleidungsstück anprobierte, konnte ich direkt schauen, wie blickdicht und wie groß die Kabinen waren. Denn meist hatte man allein schon Probleme, sich halbwegs angenehm zu bewegen und zu drehen. So konnten wir etliche Läden auch direkt für unser eigentliches Vorhaben ausschließen. Mal ganz abgesehen davon, dass wir in manchen Geschäften von den Verkäuferinnen komisch angeschaut wurden. So als wüssten sie, was wir planten.

Vermutlich waren wir nicht die Ersten, die in diesen Läden auf die Idee kamen, die Umkleiden auf diese Art zu nutzen. So bummelten wir von Laden zu Laden und gerade als wir dachten, wir hätten heute keine Chance mehr, kamen wir in einen Laden, der uns direkt vom ersten Augenblick an perfekt erschien. Recht verwinkelt, ein wenig unübersichtlich und ein paar weitere Kunden, welche die 2

Verkäuferinnen beschäftigten. Wir gingen zuerst unauffällig durch die Reihen, schauten uns verschiedene Klamotten an und hielten auch mal das ein oder andere Shirt hoch. Eben genau so, wie sich jeder andere Kunde auch verhalten würde.

Dann nahm ich eine Hose, ein T-Shirt mit. Außerdem wählte ich noch ein Top, welches den Verschluss hinten hatte. Damit gingen wir zu den Umkleidekabinen. Zuerst ging ich allein hinein und probierte Hose und Shirt an. Die Umkleide war recht geräumig und es stand auch ein recht breiter Stuhl darin. Als ich Hose und Shirt anhatte, ginge ich damit auch raus und zeigte die Klamotten Mark, der vor den Umkleiden wartete.

Dann verschwand ich wieder in der Umkleide und zog das Shirt aus. Danach streifte ich das Top über, hielt es mit einer Hand fest, sodass es nicht herunterrutschen konnte, und öffnete mit der anderen Hand den Vorhang einen kleinen Spalt. Dort steckte ich den Kopf durch und fragte vorsichtig und leider auch sichtlich nervös, ob Mark mir helfen könne, da ich den Verschluss nicht zu bekäme. Gentlemen wie er ist, kam er zu mir in die Umkleide und schloss den Vorhang hinter sich. Doch anstatt mir mit dem

Verschluss zu helfen, zog er mir das Top vom Körper und legte es bei Seite. Dann öffnete er den Knopf der Jeans, während er mich leidenschaftlich und fordernd küsste.

Meine Hände legte ich ihm um sein Genick und zog ihn näher an mich heran. Er öffnete den Reißverschluss und begann, die Hose langsam herunterzuziehen. Noch immer küssten wir uns und wurden immer heißer aufeinander. Ich löste mich kurz von ihm und zog die Jeans komplett aus. Während ich sie bei Seite legte, öffnete er seine Hose und zog sie in kleines Stück herunter. Gerade so weit, dass er seinen bereits harten Schwanz herausholen konnte.

Der Stuhl war zu niedrig, um ihn zu nutzen. Stattdessen griff Mark meinen Arsch, zog mich ein Stück nach oben und drückte mich gegen die zum Glück sehr stabile Wand der Umkleide. Sofort schlang ich meine Beine um seine Hüfte und hielt mich an seinen starken Schultern fest. So konnte er problemlos mit seiner Hand zwischen uns wandern, meinen Slip bei Seite schieben und seinen Schwanz zielgenau in meine feuchte Fotze dirigieren. Das erste Eindringen überwältige mich, sodass ich kurz davor war laut aufzustöhnen, doch ich konnte mir schnell genug die Hand vor den Mund halten. Er fickte mich erst langsam und dann immer schneller, während ich krampfhaft dagegen ankämpfte, zu stöhnen. Dann hörten wir Stimmen: Es war gerade jemand in die Nebenkabine gegangen. Unsere Herzen klopften so laut, dass wir Angst hatten, dass man unseren Herzschlag hören könnte!

Doch wir machten weiter und versuchten, so wenig auffällige Geräusche wie möglich zu machen. Ich presste mir meine Hand noch stärker auf den Mund und versuchte, jegliches Stöhnen zu unterdrücken, doch es fühlte sich einfach so geil an! An die Wand gedrückt zu werden und diesen harten Schwanz in sich zu spüren. Dazu immer die Gefahr, erwischt zu werden ... Der Adrenalinkick verhalf mir zu einem sagenhaften Orgasmus, den ich jedoch so leise wie möglich genießen musste. Und auch Mark brauchte nicht lang, um zum Höhepunkt zu kommen. Ich spürte, wie sein steifes Glied in mir zuckte und wie sich sein Saft in mir verteilte.

Er stieß noch einmal zu, legte seinen Kopf auf meiner Brust ab und atmete kurz durch. Dann ließ er mich langsam runter und ich schob meinen Slip wieder zurecht. Er verstaute seinen Schwanz wieder in seiner Hose und rückte sich danach die leicht durchgeschwitzten Haare zurecht.

Ich zog meine Hose und mein Shirt an, nahm die anprobierten Sachen und verließ die Umkleide. Während ich die Kleidung auf den Tisch legte, kam auch Mark aus der Umkleide. Nebenan standen zwei Frauen, die uns zuerst verwundert anschauten und dann scheinbar schnell ahnten, was wir gerade getan hatten. Denn ihr Blick änderte sich schlagartig und sie grinsten uns sehr amüsiert an. Ich wurde sofort rot und wuschelte mir kurz durch die Haare. Mark kam zu mir, gab mir noch einmal demonstrativ einen Klaps auf meinen Hintern und dann verließen wir das Geschäft. Die beiden Frauen schauten uns hinterher und tuschelten. Ja, Ladys! Wir haben es getan! Und es war **so** geil!

Vollkommen beflügelt vom Adrenalin und den Glücksgefühlen war mir nach Tanzen zumute, doch hier, mitten in der Einkaufspassage, war das ein wenig unangebracht. Also riss ich mich zusammen und grinste stattdessen bis über beide Ohren. Wir suchten uns einen Imbiss und stärkten uns. Wie gern hätten wir direkt über unser geiles Erlebnis gesprochen, doch der Imbiss war voll und wir wollten unerwünschte Zuhörer vermeiden. Wobei ich mir sicher war, dass der eine oder andere in unseren Gesichtern gesehen hat, dass wir es gerade getrieben hatten ...

Erst als wir im Auto saßen, begannen wir darüber zu reden. Wir beide waren noch immer beflügelt von dem heutigen Erlebnis und wir lachten uns halb kaputt über die beiden Frauen, die uns danach gesehen und angegrinst hatten. Und es stimmt – so ein Adrenalinkick macht süchtig. Denn kaum hatten wir unser Sexerlebnis genügend besprochen, begannen wir sofort zu grübeln, wo wir uns als Nächstes vergnügen wollten. Wir hatten noch so viele Orte auf unserer Liste stehen und taten uns schwer, uns für einen zu entscheiden. Wir beschlossen, die Entscheidung noch ein wenig aufzuschieben und fuhren nach Hause.

Dort angekommen ließen wir uns auf der Couch nieder, genossen einen wunderbaren Rotwein und ließen auch das heutige Erlebnis noch einmal Revue passieren. Und wieder grinsten wir über die beiden Frauen aus der Ankleide nebenan. Wir plauderten erneut darüber, wo unser nächstes sexuelles Abenteuer stattfinden sollte und grenzten die Auswahl auf 5 Orte ein: Dusche, Badewanne, in der Küche, auf dem Balkon oder im Park. Mit dieser Auswahl hatte ich mich diesmal mit meinem Wunsch nach einem etwas „ruhigeren" Ort durchgesetzt. Auch wenn der Adrenalinkick in der eigenen Wohnung nicht so groß ist, wie zum Beispiel im Kino oder in der Bibliothek, so wollte ich diesmal auch einfach den Sex genießen und nicht nur möglichst schnell den Akt hinter mich bringen, damit wir nicht erwischt werden. Und bisher waren wir in unserer Wohnung noch nicht wirklich kreativ geworden, was den Ort des Geschehens anging. Schlussendlich einigten wir uns auf die Küche. Nicht zu „Mainstream", aber auch nicht zu exotisch. Doch für heute war unser Sex-Durst gestillt und wir beschlossen, den restlichen Tag ruhig anzugehen und später den Abend bei einem Film ausklingen zu lassen.

In der Küche geht es heiß her

Am nächsten Tag war ich schon früh auf den Beinen, damit ich genug Zeit hatte, den Sonntagsbraten vorzubereiten. Hin und wieder gönnten wir uns sonntags ein schönes Stück Fleisch oder auch mal eine Gans oder Ähnliches. Während Mark noch schlief, stand ich, nur mit überlangem Nachthemd und Hotpants bekleidet, bereits in der Küche, schälte Möhren und Sellerie, schnitt das Gemüse klein und bettete anschließend den Braten auf das Gemüsebett. Danach schob ich den großen Bräter in den Ofen und begann, die Küche aufzuräumen. Währenddessen kam Mark, noch immer ein wenig schlaftrunken, in die Küche, gab mir einen Kuss und kniff mir in den Hintern. „Ey, du Arsch! Kaum wach und schon wieder am Rumstänkern", fauchte ich ihn an. „Ach, sei still. Du willst es doch so!", grinste er mir frech entgegen, während er den Wasserkocher einschaltete. „Oh ja, lass mich Daddys little bitch sein", witzelte ich ihm gespielt erregt entgegen.

„Na, das kannst du haben, Fräulein!". Seine Augen funkelten mich an. Er musterte mich von oben bis unten. „Wollen wir doch mal sehen, was Daddys kleine Schlampe so unter dem Nachthemd trägt", knurrte er mir erregt entgegen und kam einen Schritt auf mich zu. Ich machte einen Schritt rückwärts und blieb am Griff der Schublade hängen. Noch bevor ich mein Nachthemd vom Griff lösen konnte, stand er vor mir.

Er griff mir in die Haare und zog meinen Kopf nach hinten. Dann küsste er mich heiß und innig, während er seine andere Hand um meinen Hals legte. Sofort begann das Kribbeln im Bauch und ich wurde feucht. Ich liebte es, wenn er mich so anfasste und seine Dominanz raushängen ließ. Ich fühlte mich bei ihm immer sicher und wusste, dass er mir niemals wirklich wehtun würde. Auch, wenn er wahnsinnig kräftig war, konnte er so unglaublich sanft sein. Es war fast zum Verrücktwerden!

Doch jetzt in diesem Moment wollte er nicht zärtlich sein. Stattdessen machte er mich zu seiner „bitch" und ich konnte davon nie genug bekommen. Er drückte sein Becken gegen meins und ich konnte deutlich spüren, dass auch er bereits geil war. Noch immer küsste er mich und wurde dabei immer fordernder. Ich griff an seine Hand, die an meinem Hals war, und tat so als würde ich mich wehren wollen. Er drückte ein wenig fester zu und ich konnte mir ein Stöhnen nicht verkneifen. „Und jetzt sei ein braves Mädchen und mach Daddy glücklich", flüsterte er und ließ meinen Hals los. Sein Griff war jedoch noch immer fest in meinen Haaren und so drückte er mich langsam nach unten.

Ich gab dem Druck nach und hockte mich hin. Er hatte nur Boxershorts an und die war schon sehr deutlich ausgebeult. Ich strich am Rand seiner Shorts entlang, bevor ich sie ihm auszog. Sein harter Schwanz sprang mir förmlich ins Gesicht und ich begann mit einer Hand seine Eier zu verwöhnen, während ich mich mit der anderen Hand an seinem

Oberschenkel abstützte. Dann näherte ich mich mit meinem Mund und leckte zuerst über seine Eichel. Der Lusttropfen schmeckte salzig und ich fühlte, dass sein Schwanz noch nicht ganz hart war. Na, den Job übernehme ich doch gern!

Während meine Hand noch immer seine Eier verwöhnte und knetete, nahm ich seinen Schwanz langsam tiefer in den Mund und fuhr immer wieder vor und zurück. Ich wusste genau, wie ich ihn fast um den Verstand bringen konnte. Ich nahm ihn immer wieder komplett in meinen Rachen, sodass meine Lippen seinen Schwanzansatz berührten. Immer wenn ich ihn dort so berührte, stöhnte er auf und drückte meinen Kopf fester in seinen Schoß. Ich liebte es, seinen Schwanz so intensiv zu fühlen.

Nicht nur, weil es ihn total verrückt machte, sondern weil auch ich dieses Gefühl sehr genoss. So verwöhnte ich ihn eine ganze Weile. Kurz bevor er kam, zog er meinen Kopf zurück und half mir auf. Er küsste mich leidenschaftlich, drehte mich ein kleines Stück und drückte mich langsam rückwärts, bis ich mit meinem Hintern an die Kochinsel stieß. Er stellte sich direkt vor mich und blockierte mir so den Weg. Dann packte er meinen Hintern und hob mich auf die

Arbeitsplatte. Noch immer küssten wir uns und ich hielt sein Gesicht fest in meinen Händen. Seine Hände wanderten an meinen Seiten entlang. Er zog das Shirt unter meinem Hintern hervor und ergriff den Rand meiner Hotpants. Ich wackelte mit meinem Hintern hin und her, während er mir die Hotpants langsam auszog.

Nun saß ich mit nacktem Arsch auf der Arbeitsplatte und hätte Mark am liebsten aufgefressen. Ich war so geil auf ihn! Er zog mich ein kleines Stück weiter zur Kante und spreizte mit leichtem Druck meine Beine. Ich stützte mich mit meinen Händen ein Stück hinter mir auf der Arbeitsplatte ab. Dann kam er näher und ich fühlte seinen harten Schwanz in meinem Schritt. Er drückte sich langsam in mich und ich stöhnte laut auf, während ich den Kopf nach hinten warf.

Diesem Gefühl werde ich wohl niemals überdrüssig. Er fickte mich erst ganz langsam, sodass ich fast verrückt wurde. Dann stieß er einmal ganz tief in mich, um mir ganz nah zu sein und ich wäre fast geplatzt vor Geilheit. Alles kribbelte und ich war froh, dass die Arbeitsplatte so schön kühl war. An ihr konnte ich mich ein wenig abkühlen. Dann stieß er mit einem Mal sehr schnell in mich und wir stöhnten um die Wette. Er packte meine Hüfte, zog mich noch ein kleines Stück näher an sich ran und fickte mich richtig hart.

Dann überrollte mich der erste Orgasmus und ich verlor fast das Gleichgewicht. Beinahe hätten meine Hände nachgegeben. Deswegen beschloss ich, mich weiter nach hinten zu lehnen und stützte mich nun mit den Unterarmen ab. Dann kündigte sich bereits der zweite Orgasmus an, während Mark mich noch immer gnadenlos durchfickte. Noch bevor ich kam, wurde alles schwummrig und die Endorphine fluteten mein Hirn. Wir genossen beide diese interessante Stellung sehr und es dauert nicht lang, bis wir beide gemeinsam kamen.

Er stieß noch ein paar Mal tief in meine klitschnasse Fotze, bevor er sich aus mir zurückzog und sich erst einmal an der Arbeitsplatte abstützte. Wir waren beide verschwitzt, aber verdammt glücklich! Ich rappelte mich auf und musste ein wenig gegen das Schwindelgefühl ankämpfen. Ich lehnte meinen Kopf gegen seinen und küsste ihn auf die Stirn. „Das. War. GEIL!" stöhnte ich ihm entgegen. „Verdammt! Wir hätten das schon viel früher ausprobieren sollen!" grinste ich, während ich noch immer nach Luft rang. Er half mir von der Arbeitsplatte runter und ich brauchte ein paar Sekunden, um wieder einen sicheren Stand zu haben. Meine Knie waren butterweich und die Endorphine leisteten noch immer gute Arbeit in meinem Hirn.

Ich grinste wohl über beide Ohren, weswegen Mark anfing zu lachen. „Was ist?!", fragte ich ihn. „Ach nichts ... du siehst nur ... naja ... dezent durchgefickt aus", prustete er los. „Ach, und du glaubst, du siehst besser aus, ja?", antwortete ich leicht bockig. „Ey, ich habe hier schließlich die meiste Arbeit gemacht! Ich darf das", grummelte er, während er sich durch die Haare fuhr. „Ich glaube, ich gehe jetzt duschen. Und nein, du darfst nicht mitkommen!", flötete er mir entgegen. „Tz, dann geh doch. Ich will dich ja nicht unnötig geil machen beim Duschen", antwortete ich trotzig.

Er hob meine Hotpants vom Boden auf und klatschte mir damit auf den Hintern. „Die behalte ich", sagte er frech grinsend und verschwand in Richtung Bad. Mein Shirt war lang genug, um trotzdem meinen Arsch und meinen Intimbereich zu verdecken, weswegen es mich nicht störte. Ich bereitete weiter das Mittagessen vor. Ich schälte die Kartof-feln und schnitt sie klein. Es war noch etwas Zeit bis ich sie aufsetzen musste, weswegen ich mich auf die Couch legte und den Fernseher einschaltete. Aus dem Bad war das Rauschen des Wassers von der Du-sche zu hören, während ich durch die Sender zappte.

Der Anruf

Nachdem Mark geduscht und sich angezogen hatte, kam er zu mir auf die Couch und wir kuschelten, während wir eine Sendung schauten. Immer wieder strich er mir dabei sanft über die Seite und hin und wieder verschwand seine Hand unter meinem Shirt und er streichelte mir sanft über meinen nackten Hintern. Ich genoss es sehr, wenn er mich mit seinen Zärtlichkeiten verwöhnte. Als er wieder einmal mit seiner Hand unter meinem Shirt verschwand, ergriff ich seine Hand durch das Shirt hindurch und führte sie in Richtung meiner Brüste. Er ließ sich nicht zweimal bitten und begann, meine Brust zu verwöhnen. Er streichelte sanft darüber und meine Nippel wurden sofort steif.

Er bemerkte das natürlich und zwirbelte sie leicht zwischen seinen Fingern. Ich schloss die Augen und genoss das schöne Gefühl. Er knetete meine Brust ein wenig und streichelte sie danach direkt wieder.

Dann widmete er sich wieder meinem Nippel und zwirbelte ihn wieder leicht. Ich hätte noch Stunden so daliegen und seine Zärtlichkeiten genießen können. Und ich bin mir sicher, dass noch mehr passiert wäre, wenn ich liegen geblieben wäre, denn ich fühlte seinen wachsenden Schwanz an meinem Hintern. Das Spielen an meiner Brust hatte ihn also auch erregt. Dann ging es ihm ja wie mir. Doch so langsam meldete sich mein Magen. Als ich auf die Uhr schaute, sah ich, dass es bereits nach 11 war. Deswegen beschloss ich, dass es jetzt Zeit war, die Kartoffeln aufzusetzen. „Nein, geh nicht. Es ist grade so gemütlich", säuselte er mir entgegen, als ich versuchte aufzustehen.

Er hielt mich fest und zog mich näher an sich heran. „Ich habe grad so schön mit deiner Brust gespielt. Nimm mir das nicht weg. Du bist doch mein Lieblingsspielzeug." Ich grinste und überlegte kurz, doch noch liegenzubleiben. Aber dann meldete sich wieder mein knurrender Magen. „Wenn du heute noch was zum Mittag essen willst, musst du mich jetzt aufstehen lassen. Die Kartoffeln hüpfen nämlich leider nicht von selbst auf den Herd", flüsterte ich ihm entgegen. „Na gut."

Er ließ mich widerwillig los und ich stand auf. Aber natürlich konnte Mark es sich nicht entgehen lassen, mir dabei auf den Hintern zu klatschen. Ich drehte mich um und schaute ihn, wenn auch nur gespielt, böse an. Er steckte mir die Zunge raus und ich tat es ihm gleich. Dann ging ich zu den vorbereiteten Kartoffeln und stellte den Topf auf den Herd. Außerdem schaute ich nach dem Braten und übergoss ihn noch einmal mit dem Bratensaft, bevor ich den Backofen auf „Grill" stellte, damit der Braten eine schöne Kruste bekam.

Während ich so an der Kochinsel lehnte, schaute ich zu Mark rüber, der wieder in der Sendung vertieft war. „Hey. Wann bekomme ich eigentlich meine Hotpants wieder?", fragte ich ihn leicht grinsend und riss ihn so aus seiner Gedankenlosigkeit, die er immer hatte, wenn er fernsehen schaute. Er setzte sich auf, hielt sich an der Couchlehne fest und schaute grübelnd an die Decke. „Hm ... gute Frage ... ich würde sagen ... gar nicht? Ich finde dein Outfit super.

So solltest du immer rumlaufen!", sagte er doof grinsend. „Soso. Das ist also mein neues Alltagsoutfit, ja? Was sollen bloß meine Kollegen dazu sagen? Vor allem die männlichen?" fragte ich frech. „Wobei ... besonders dem Neuen würde das sicher gut gefallen. Er schaut mich eh schon immer so verführerisch an. Ich glaube, der will was von mir. Wir könnten ja mal schauen, ob mein neues Outfit ihn dazu bringt, mich auch endlich mal anzusprechen. Und wenn er nett ist, könnten wir es ja in der Abstellkammer treiben. Geht ja schließlich ruckzuck.

So ohne Hotpants. Die wäre dann ja bloß im Weg ...", philosophierte ich fies grinsend. Marks Blick verfinsterte sich augenblicklich und er stand auf. Ich steckte ihm wieder die Zunge raus und grinste ihn rotzfrech an. „Was denn? Du hast mir doch das neue Outfit verpasst! Du hast nicht gesagt, dass ich das nur hier in der Wohnung tragen soll, also muss ich doch davon ausgehen, dass du mich so auch zur Arbeit schicken willst – und da gibt es sicher den einen oder anderen Kandidaten, der sich sehr darüber freuen würde". Ich musste bei meinen Erzählungen die ganze Zeit total grinsen. Mark kam auf mich zu und wir spielten Fangen um die Kochinsel. Immer wieder wechselten wir die Richtung und rannten mehrere Runden um die Insel herum. Er versuchte auch immer wieder, über die Kochinsel hinweg nach mir zu greifen, aber ich entkam ihm immer. Naja, fast immer.

Einmal passte ich nicht auf und er packte mich am Shirt. Das war leider sehr dehnbar und er schaffte es, um die Kochinsel herumzugehen, ohne das Shirt loszulassen. Ich versuchte zwar, wenn auch eher halb ernst, mich zu befreien, doch er ließ nicht locker. Als er dann vor mir stand, musste ich total lachen. „Das findest du also witzig, ja? Du kleines, freches Gör, du!", grummelte er mir entgegen.

„Und dann bist du auch noch frech und steckst mir die Zunge raus ...", zischte er. Ich musste immer noch lachen und krümmte mich schon, weil mir der Bauch weh tat. Er packte mich am Hals, zog mich nach oben und drückte mich mit dem Hintern gegen die Kochinsel. „Na warte, Fräulein. Das treibe ich dir schon aus!", sagte er harsch. Er ließ meinen Hals los und packte stattdessen meinen Arm. Er drehte mich herum und zog meinen Arm auf meinen Rücken. Durch etwas Druck zwang er mich so, mich vorzubeugen. Ich lehnte mich vor, stütze mich mit dem noch freien Unterarm auf der Arbeitsplatte ab und zog dadurch mein Shirt ein Stück hoch, sodass mein blanker Arsch zu sehen war. „Oh, das gefällt mir", säuselte er und gab mir direkt einen Klaps auf den Arsch.

Das klatschte echt schön! Dann ließ er meinen Arm los und ich stützte mich auch mit dem zweiten Unterarm ab. „Bleib so!", grummelte er mir entgegen. „Spreiz deine Beine!", fauchte er. Ich tat, wie er mir befohlen hatte, und sofort begann mein gesamter Körper vor Geilheit und Vorfreude zu kribbeln. Er fasste mir zwischen die Beine und natürlich war ich bereits klitschnass. Ich liebte es so sehr, wenn er seine dominante Seite zeigte und ich war wie weiches Wachs in seinen Händen.

„Das gefällt dir also, ja? Der Gedanke an die fremden Kerle, die dich auf Arbeit ficken? Oder dass ich dir zeige, wem du gehörst?" Er verwöhnte mich zuerst mit seinen Fingern. Immer wieder drückte er sie so tief wie möglich in mich und ich stöhnte auf. Dann ließ er kurz von mir ab. Er zog sich seine Shorts runter und drückte unvermittelt seinen Schwanz komplett in mich, sodass ich einen verdammt lauten Lustschrei losließ. Den hatten sicher auch unsere

Nachbarn gehört, aber das war mir so egal. Ich schwebte auf Sexwolke 7.

Er fickte mich direkt hart und schnell durch und meine Titten rutschten immer wieder mitsamt meinem Shirt über die glatte Arbeitsfläche, während mein Becken gegen die Kante knallte. Er merkte das und legte seine Hände um meine Hüften, sodass ich mich nicht mehr an der Kante stieß. So hatte er auch gleich die Möglichkeit, mich noch enger an sich zu ziehen, während er tief in mich stieß. Ein unbeschreiblich geiles Gefühl! Dass dieser Sonntag so verlaufen würde, hätte ich mir im Leben nicht träumen lassen. „Hoch lebe die Bucket List!", dachte ich bei mir, während ich mal wieder vor Geilheit hätte platzen können.

Und kurz darauf überflutete mich das warme Gefühl des Orgasmus. Ich sank auf die Arbeitsplatte und kühlte meinen Kopf daran, während Mark mir keine Pause gönnte. Wieder spielten die Endorphine in meinem Kopf mit meinen Gefühlen Ping Pong und ich hatte das Gefühl zu schweben. Da es bereits unsere zweite Runde war, konnte Mark umso länger. Noch immer hämmerte er mir seinen harten Schwanz zwischen die Beine, während ich versuchte wieder Herr über meinen Kopf zu werden. Doch auch, wenn er länger konnte, so hörte ich an seinem immer lauter werdenden Stöhnen, dass auch er demnächst kommen würde.

Ich fokussierte mich auf meine Körpermitte und versuchte, das Gefühl seines heißen, pulsierenden besten Stücks in mir so intensiv wie möglich zu fühlen, sodass auch ich noch einmal kommen konnte. Und das funktionierte hervorragend. Marks fester Griff an meinen Hüften half mir dabei. Ich liebte es, so genommen zu werden und war froh, dass ich dieses Gefühl ab sofort noch öfter erleben konnte. Schließlich hatten wir mit der Abarbeitung unserer Liste gerade erst begonnen. Noch während wir beide liebestrunken dem Höhepunkt entgegenarbeiteten, klingelte das Telefon.

Mark stoppte abrupt und schaute mich fragend an. Zumindest bohrte sich sein Blick in meinen Hinterkopf, sodass ich ihn förmlich spüren konnte. Ich drehte meinen Kopf zu ihm um und wir beide schauten uns nur irritiert an. „Ähm … soll ich ran gehen?", fragte ich verunsichert. Mark überlegte kurz und meinte dann nur frech grinsend, dass ich das entscheiden solle. Ich müsse schließlich mit wem auch immer reden, obwohl er mich weiter ficken würde, was er dann auch direkt wieder tat. Ich überlegte kurz, ob ich es hinkriegen würde zu reden, ohne zu stöhnen und schaute dann auf das Display des Telefons, welches zum Glück nicht allzu weit von mir entfernt lag. „Es ist deine Ma", grinste ich.

Augenblicklich hörte Mark auf mich zu ficken. „Ernsthaft jetzt? Musstest du unbedingt die Stimmung ruinieren?!", grummelte er, während sein Schwanz noch immer in mir steckte. „Geh halt ran. Aber glaub nicht, dass ich deswegen aufhöre, dich zu vögeln!", brummte er und legte seinen Oberkörper auf meinem Rücken ab. Ich streckte mich nach dem Telefon aus, nahm es in die Hand und ging fröhlich ran. Meine Schwiegermama und ich kamen sehr gut miteinander klar und ich hatte kein Problem damit, mit ihr zu telefonieren.

Im Gegensatz zu Mark, der das Telefon auch gern mal klingeln ließ, wenn ihr Name auf dem Display stand. Allerdings muss ich zugeben, dass das gerade ein wirklich ungünstiger Zeitpunkt war, aber nun hatte ich die Entscheidung bereits getroffen, an das Telefon zu gehen und war gespannt, aus welchem Grund unser Liebesspiel so jäh unterbrochen wurde. Sie begrüßte mich freundlich und fragte, wie es uns ginge.

Eine Standardfrage, dessen Antwort besser „gut" lautete, da das Telefonat sonst vermutlich 3 Stunden dauern würde. Ich antwortete also nur knapp, dass alles gut sei und wir gerade auf das Mittagessen warteten. Oh verdammt! Die Kartoffeln! Die hatte ich ganz aus den Augen verloren. Die kochten nämlich genauso heftig wie die Gefühle in meinem Körper, denn Mark ärgerte mich, indem er immer wieder langsam in mich eindrang und mich so ganz kirre machte.

Ich schaltete schnell nebenbei die Herdplatte etwas runter und lauschte wieder meiner Schwiegermutter, die mir vom letzten Familientreffen erzählte, welches Mark und ich verpasst hatten. Doch sie hätte gute Nachrichten, sagte sie. Am kommenden Wochenende hätten sie und Marks Vater einen Ausflug in ihre kleine Hütte an der Ostsee geplant, die sie erst vor Kurzem als ihre „Seniorenresidenz" gekauft hatten und sie würden sich so sehr freuen, wenn wir auch kommen könnten. Sie hätten schon alles geplant und eigentlich hätten wir gar keine Chance, nein zu sagen. Ihr war es wohl egal, ob wir schon anderweitige Pläne hatten. Gut, wir hatten keine, aber das weiß sie ja nicht! Sie erzählte ganz aufgeregt davon, wie schön ihre Hütte doch wäre und dass sie sie uns unbedingt zeigen wollen.

Noch während sie darüber schwärmte, dass nicht weit von der Hütte entfernt ein kleines Freibad mit tollem Sandstrand und ein Bootsanleger mit kleinen Booten zum Ausleihen war, ging mein Gedankenkino bereits los. Denn auf unserer Bucket List standen auch ein Strand, bzw. ein Strandbad und ein Boot. Und in der Hütte hätten wir hoffentlich auch ein eigenes Schlafzimmer. Das käme dann direkt mit auf unsere Liste.

Noch während ich darüber nachdachte, was man dort alles machen könnte, stieß Mark tief in mich und ich stöhnte kurz laut auf. Verdammt! Ich hatte doch noch meine Schwiegermutter am Telefon! Sie fragte, ob alles okay sei und ich suchte nach einer plausiblen Erklärung. „Ich habe mich nur an der Ecke vom Schrank gestoßen. Alles gut!", log ich, während ich Mark böse anschaute. Doch der grinste nur teuflisch und stieß direkt noch einmal tief in mich, doch diesmal konnte ich mich beherrschen. Meine Schwiegermutter philosophierte noch immer darüber, wie wichtig so ein Zufluchtsort wie ihre Hütte sei und dass wir auf jeden Fall kommen müssten.

Ich konnte ihr diesen Wunsch nicht abschlagen und so sagte ich zu. Dann folgte das übliche Verabschiedungsritual, währenddessen sie mir gefühlte Hundertmal sagte, dass ich Mark grüßen solle und dass er doch ruhig mal öfter anrufen solle. Ich bejahte das und versprach, Mark einmal in den Hintern zu treten. Das nahm der direkt zum Anlass, mich erneut tief und hart zu ficken. Ich verabschiedete mich von seiner Mutter und legte auf. „Du Arsch! Lass mich doch mal in Ruhe mit deiner Mutter telefonieren!

Das solltest du im Übrigen auch öfters machen! Sie meckert jedes Mal, dass sie so selten was von dir hört!", fauchte ich ihm entgegen und die Quittung dafür kam prompt: Er drückte meinen Oberkörper auf die Arbeitsplatte, packte meine Hüften und fickte mich richtig hart durch. Dass seine Mutter angerufen hatte, hatte wohl „Spuren" hinterlassen, denn er brauchte recht lange, um zum Höhepunkt zu kommen. Ich hingegen war völlig raus aus dem Gefühl und kam nicht erneut. Aber damit kann ich leben. Ich hatte ja bereits davor meinen Spaß. Mark stieß noch zwei, dreimal in mich, bevor er von mir abließ. Ich blieb noch ein wenig auf der Arbeitsplatte liegen. Sie war so schön kühl!

Als Mark aus dem Badezimmer zurückkam, wo er sich gerade kurz frisch gemacht hatte, fragte er was ich denn mit seiner Mutter besprochen hätte und für was ich meine Zusage gegeben hätte. Ich erzählte ihm von der Hütte, die sich seine Eltern gekauft hatten und ihrer Einladung für das kommende Wochenende. Noch bevor er rummeckern konnte, dass er darauf so gar keinen Bock hätte, fiel ich ihm ins Wort und erzählte ihm von meinem Gedankenkino. Dem Sex am Strand, dem Sex auf einem Boot und dem Sex in der Hütte ... Und er war direkt Feuer und Flamme dafür. Das würde ein richtig geiles Wochenende werden ...

Herstellung und Verlag:
BoD – Books on Demand, Norderstedt
ISBN: 9783751921008